颜体集字经典古诗文 五

主编 江锦世

人民美術出版社 北京

图书在版编目（CIP）数据

颜体集字. 经典古诗文. 五 / 江锦世主编. -- 北京: 人民美术出版社, 2024.5
ISBN 978-7-102-09298-0

Ⅰ. ①颜… Ⅱ. ①江… Ⅲ. ①楷书－法帖 Ⅳ. ①J292.33

中国国家版本馆CIP数据核字(2024)第046715号

颜体集字经典古诗文 五

YAN TI JI ZI JINGDIAN GU SHI WEN　WU

编辑出版　人民美术出版社
（北京市朝阳区东三环南路甲3号　邮编：100022）
http://www.renmei.com.cn
发行部：（010）67517799
网购部：（010）67517743

主　　编　江锦世
集字编者　江锦世　杭上尚
责任编辑　李宏禹　张　侠
装帧设计　王　珏
责任校对　魏平远
责任印制　胡雨竹
制　　版　朝花制版中心
印　　刷　北京印刷集团有限责任公司
经　　销　全国新华书店

开　本：889mm×1194mm　1/16
印　张：5.5
字　数：6千
版　次：2024年5月　第1版
印　次：2024年5月　第1次印刷
印　数：0001—3000
ISBN 978-7-102-09298-0
定　价：30.00元

如有印装质量问题影响阅读，请与我社联系调换。（010）67517850

出版说明

为响应国家弘扬中华优秀传统文化的号召，人民美术出版社策划出版了『颜体集字经典古诗文』丛书，其内容是精选中国古代经典古诗文。

集字书法选取了唐代书法家颜真卿的作品，其正楷端庄雄伟，行书气势遒劲，对后世影响很大，创『颜体』楷书，与欧阳询、柳公权、赵孟頫并称为『楷书四大家』，又与柳公权并称『颜柳』，被称为『颜筋柳骨』。

在集字过程中，选取颜体楷书风格上比较统一的单字进行重新组合，力争做到风格、字与字、行气上的整体呼应；对残损字做了修补处理，对找不到的书法单字选取风格一致的偏旁部首重新组合，保持了集字作品的整体风格统一。本书对书法爱好者学习传统书法具有一定的指导作用。

目录

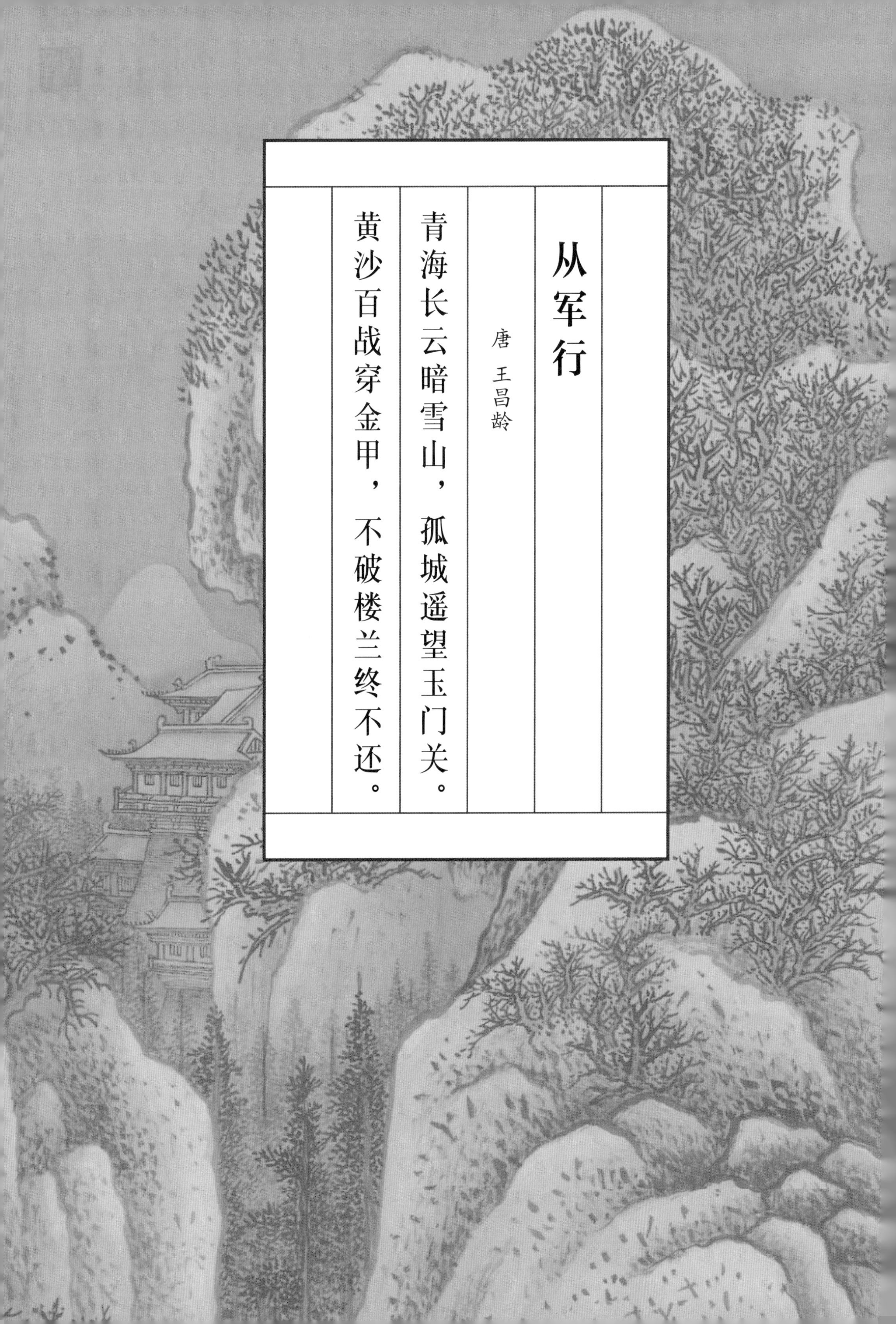

从军行

唐 王昌龄

青海长云暗雪山，孤城遥望玉门关。
黄沙百战穿金甲，不破楼兰终不还。

青海长云暗雪

山孤城
遥望玉

丨 山 山

乛 孑 孤

土 坊 城

爫 䍃 遥

亡 望 望

二 干 王 玉

山，孤城遥望玉

门关。黄沙百战

穿金甲

不破樓

穿金甲，不破楼

宀 穴 穿 穿
八 亼 佘 金
冂 曰 曰 甲
一 丆 不 不
厂 石 矿 破
木 相 樓 樓

艹 蔄 蔄 蘭

纟 糹 紁 終

一 丆 丌 不

罒 睘 睘 還

蘭

終

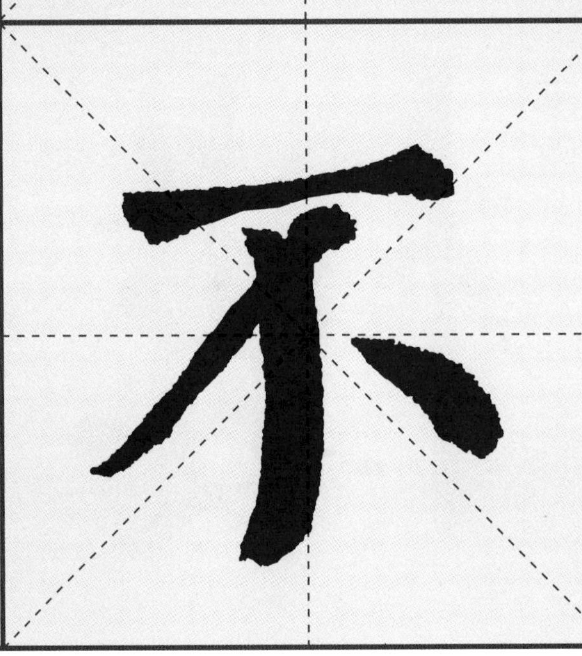

還

從軍行

唐 王昌齡

兰终不还。 从军行 唐 王昌龄

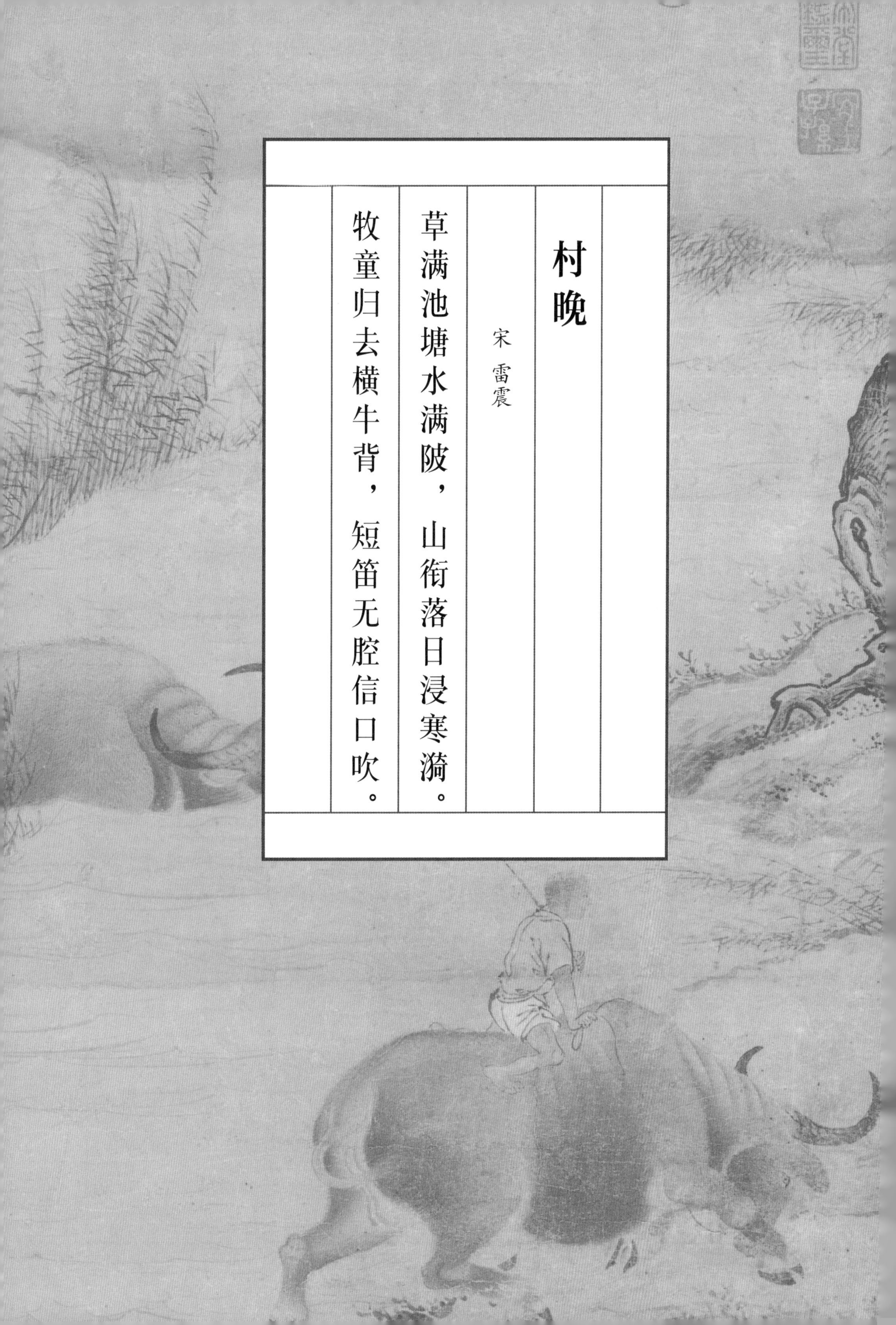

村晚

宋 雷震

草满池塘水满陂，山衔落日浸寒漪。
牧童归去横牛背，短笛无腔信口吹。

草满池塘水满

陂 落

山 日

衔 浸

阝 阝 阝 陂

丨 山 山

彳 彳 彳 彳 衔

艹 艹 茨 落

丨 冂 月 日

氵 氵 氵 氵 浸

陂，山衔落日浸

寒漪。牧童归去

横牛背短笛無

木 朩 横 横

丿 𠂉 𠂉 牛

丬 北 背 背

𠂉 矢 矩 短

⺮ ⺮ 笛 笛

𠂉 無 無 無

横牛背，短笛无

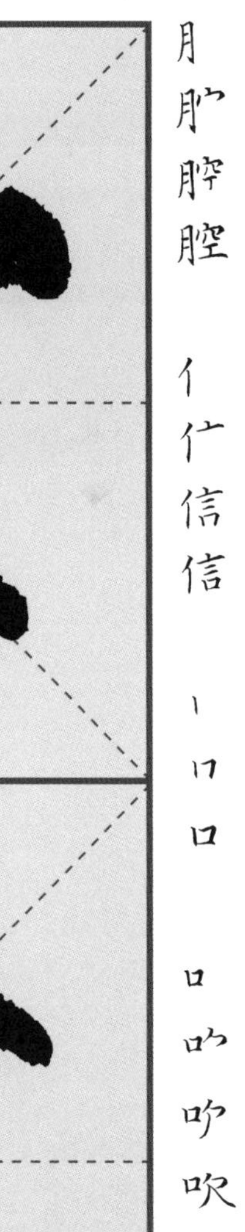

腔信口

吹

村晚 宋 雷震

腔信口吹。 村晚 宋 雷震

四时田园杂兴（其三十一）

宋 范成大

昼出耘田夜绩麻，村庄儿女各当家。
童孙未解供耕织，也傍桑阴学种瓜。

昼出耘田夜绩

麻
村
莊
兒
女
各

亠广庥麻
十木村村
艹茾茾莊
𠂉臼臼兒
㇛女女
丿夂夂各

麻，村庄儿女各

當 家 童 孫 未 解

当家。童孙未解

供耕織也傍桑

亻 仁 仩 供

三 耒 耓 耕

纟 絝 緕 織

ㄱ 力 也

亻 仁 仿 傍

又 叒 桒 桑

供耕织，也傍桑

阴学种瓜。

四时田园杂兴（其三十一）　宋　范成大

山居秋暝

唐 王维

空山新雨后，天气晚来秋。
明月松间照，清泉石上流。
竹喧归浣女，莲动下渔舟。
随意春芳歇，王孙自可留。

空山新雨后，天

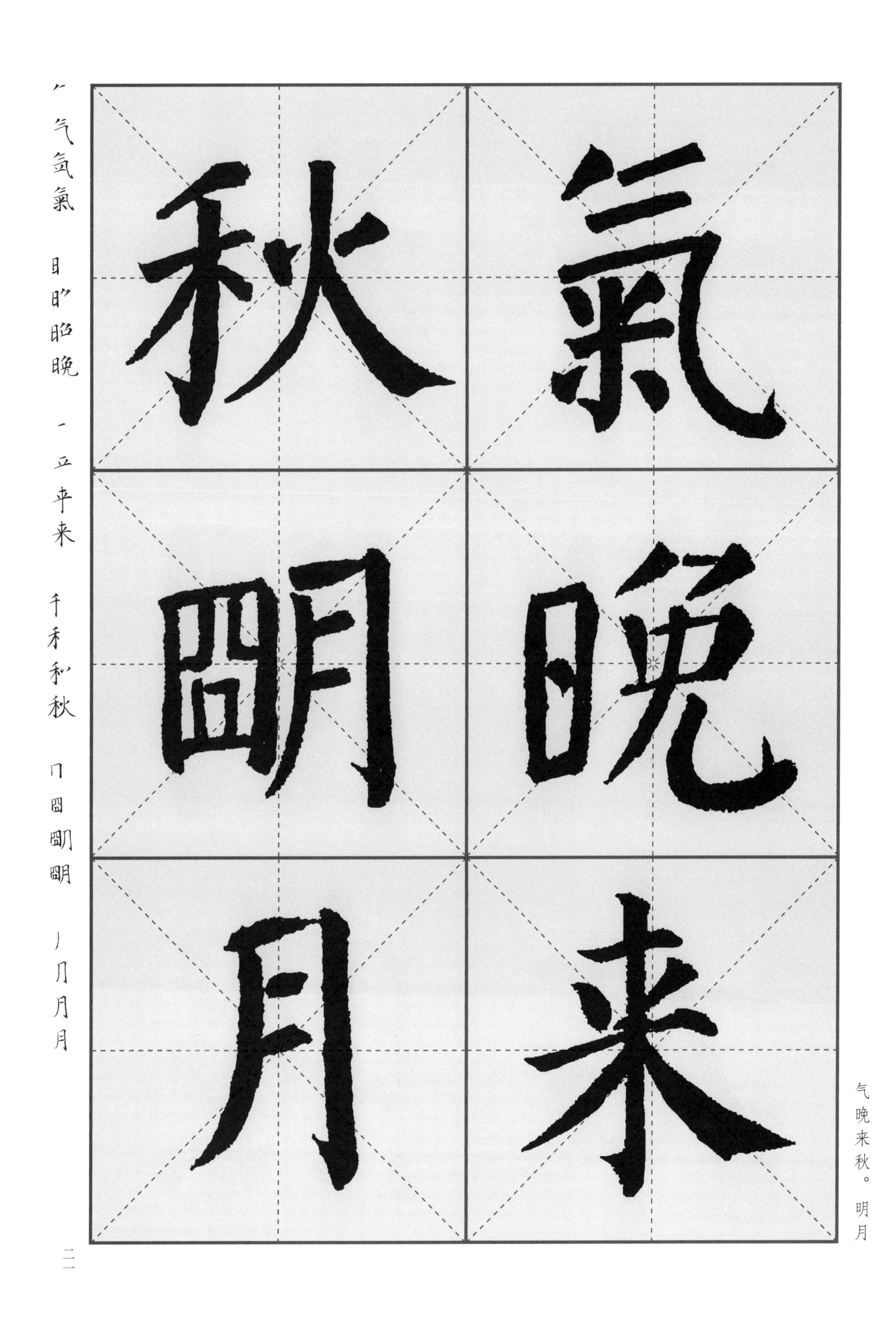

氣晚来

秋朙月

气晚来秋。明月

十 木 朩 松

户 門 門 閒

日 日 昭 照

氵 汁 清 清

白 白 皁 泉

一 厂 石 石

松间照，清泉石

丨 卜 上

氵 汁 汯 流

𠂉 ⺮ 竹 竹

口 口宀 喧 喧

𠂤 𠂤 歸 歸

氵 氵宀 浣 浣

上 流 竹

喧 歸 浣

上流。竹喧归浣

女蓮動
下漁舟

女，莲动下渔舟。

隨意春芳歇

王

隨意春芳歇，王

孙自可留。 山居秋暝 唐 王维

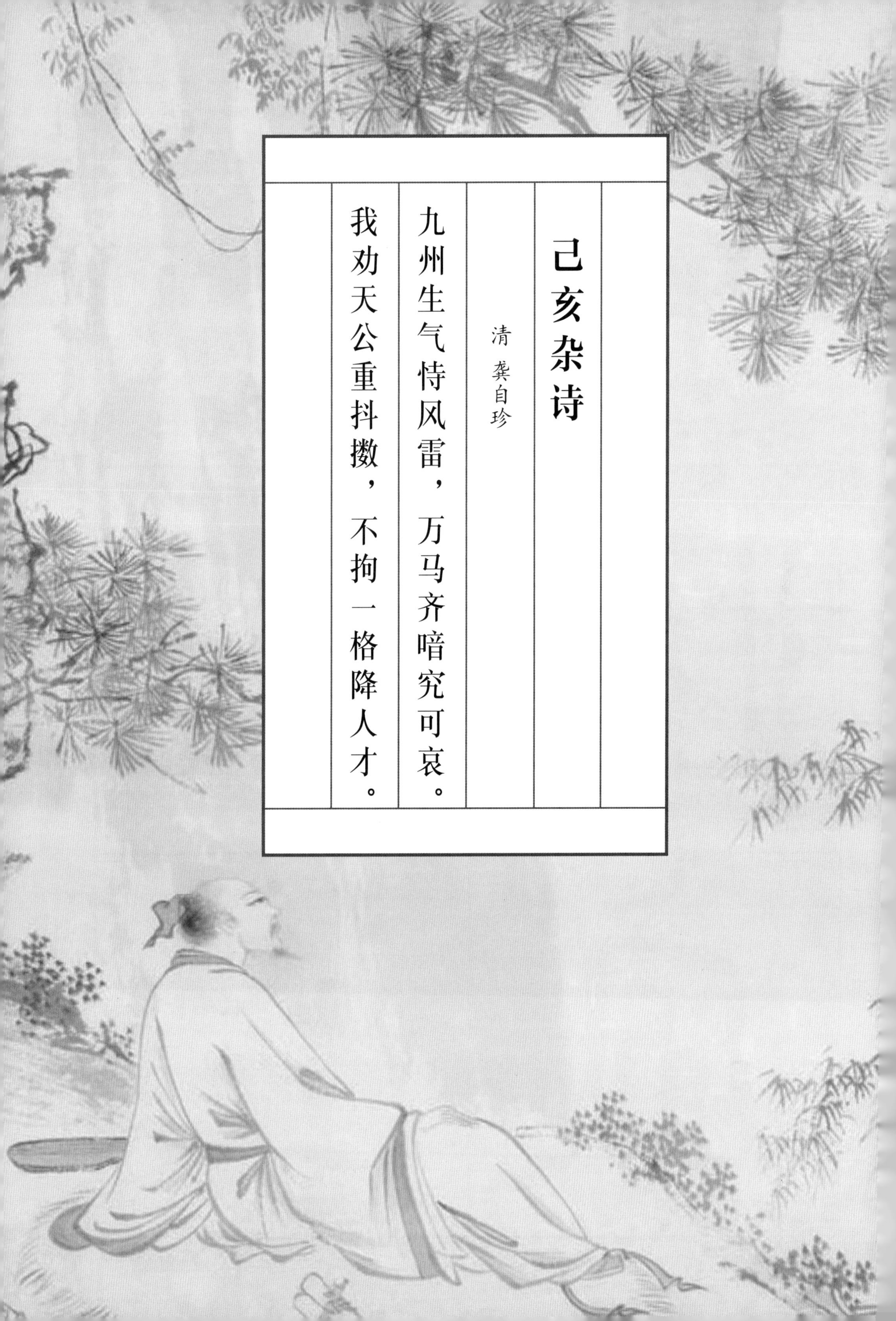

己亥杂诗

清　龚自珍

九州生气恃风雷，万马齐喑究可哀。
我劝天公重抖擞，不拘一格降人才。

丿 九

刂 小 州 州

𠂉 仁 牛 生

𠂉 气 氙 氣

忄 忄 恃 恃

丿 几 凬 風

九州生气恃风

雷 萬 馬 齊 暗 究

二 雨 雨 雷

艹 苜 萬 萬

𠂆 𠂇 馬 馬

亠 亣 亝 齊

口 吂 喑 暗

宀 穴 究 究

雷，万马齐暗究

一 一 可 可

亠 户 京 哀

二 手 我 我

艹 芈 雚 勸

一 二 于 天

丿 八 公 公

可哀。我劝天公

重抖擻

不拘一

二 㐃 重 重　扌 扌 扗 抖　扌 搢 摟 擻　一 丆 不 不　扌 扚 拘 拘　一

重抖擻，不拘一

十 木 杦 格　阝 阾 陊 降　丿 人　一 十 才

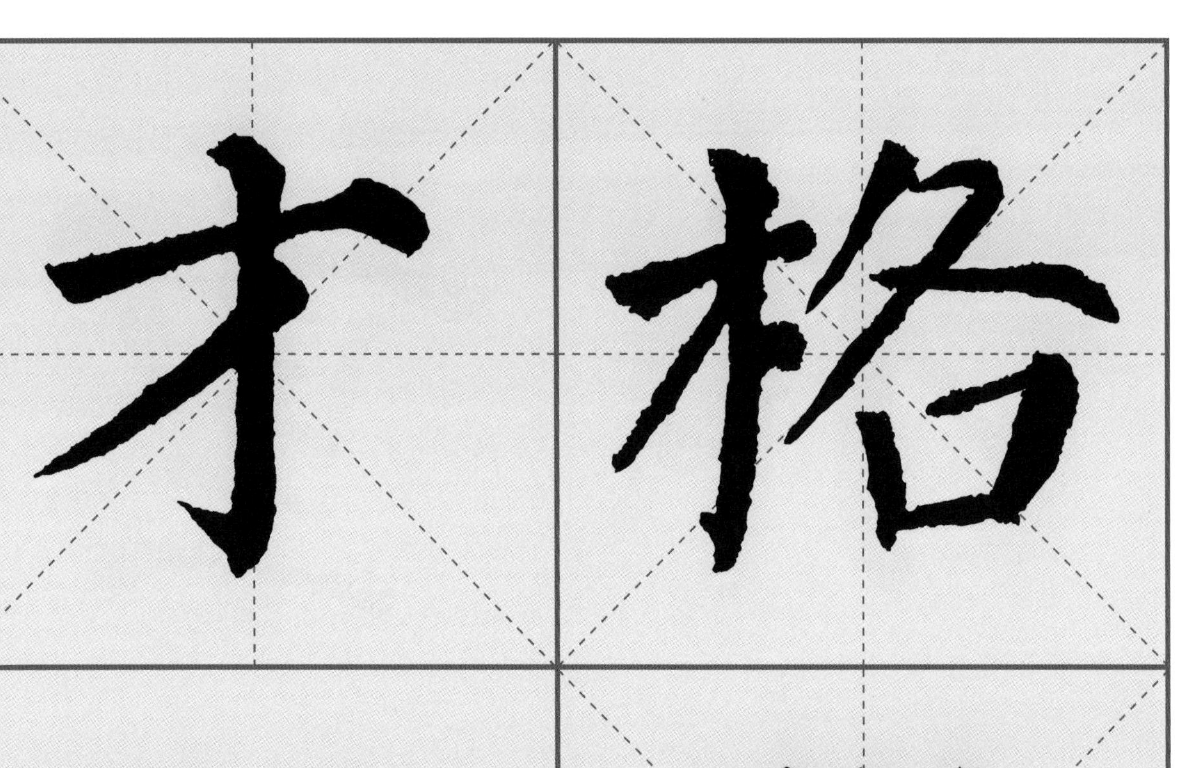

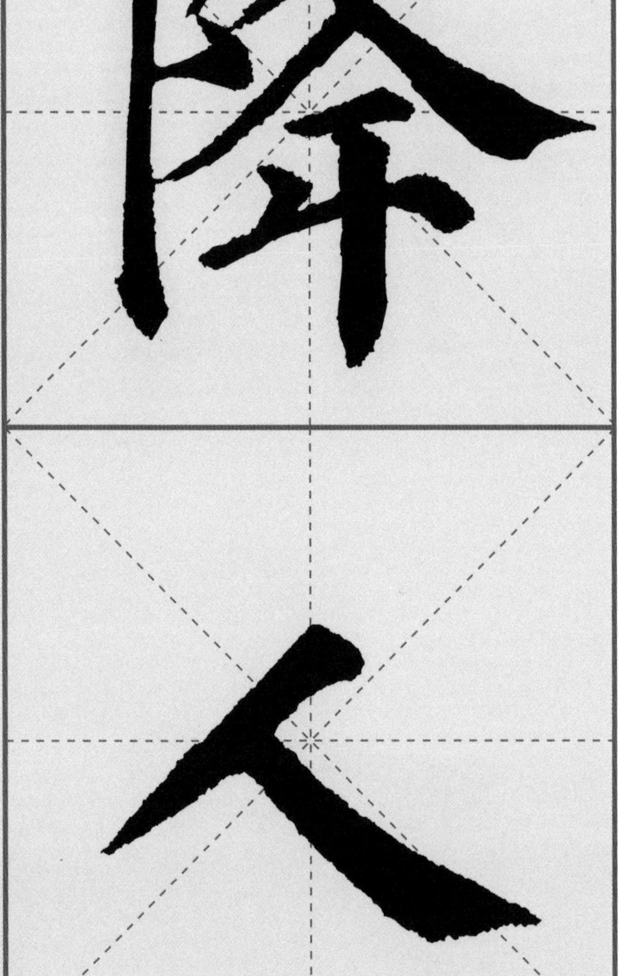

己亥雜詩

清 龔自珍

格降人才。　己亥杂诗　清　龚自珍

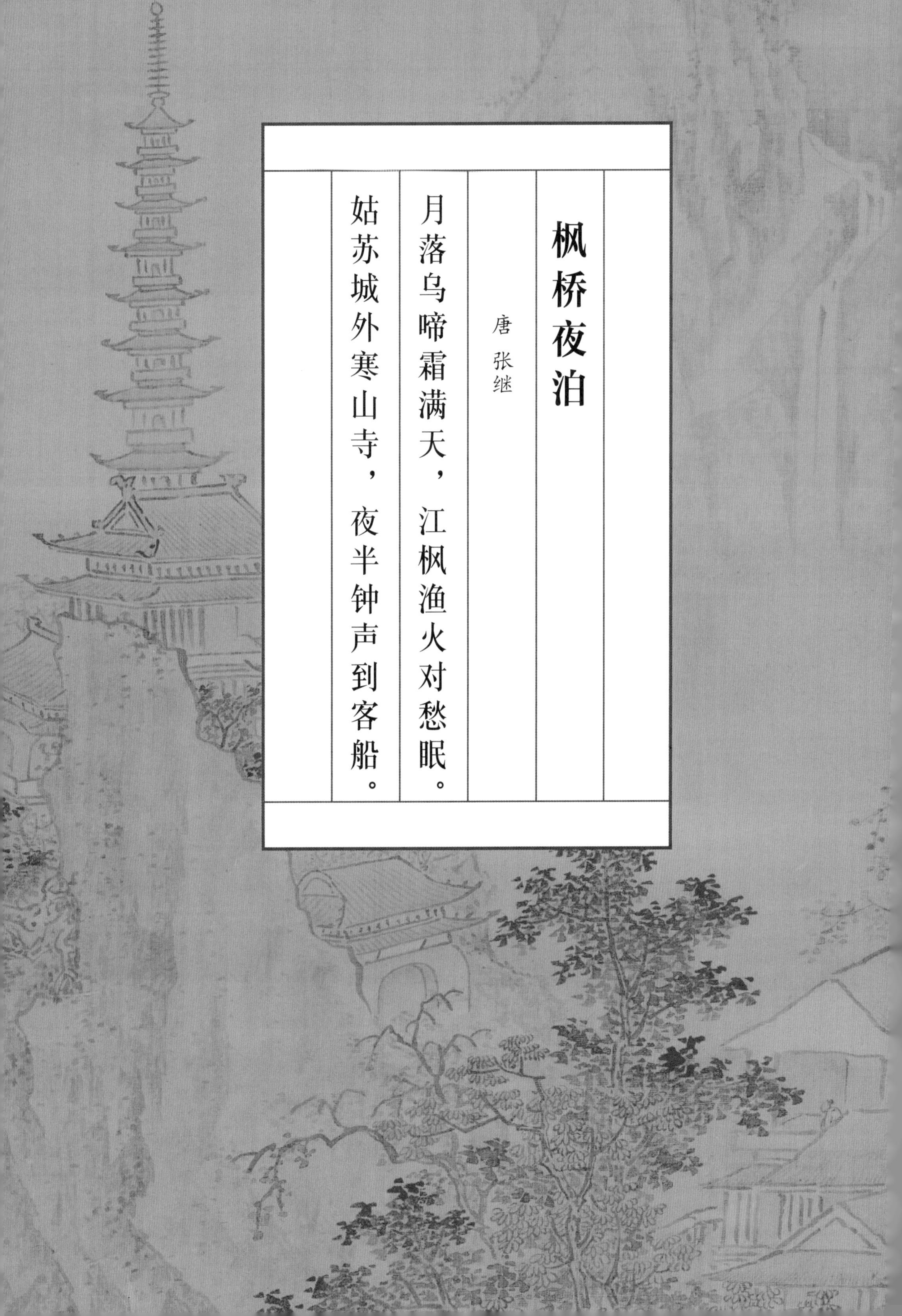

枫桥夜泊

唐 张继

月落乌啼霜满天，江枫渔火对愁眠。
姑苏城外寒山寺，夜半钟声到客船。

月落乌啼霜满

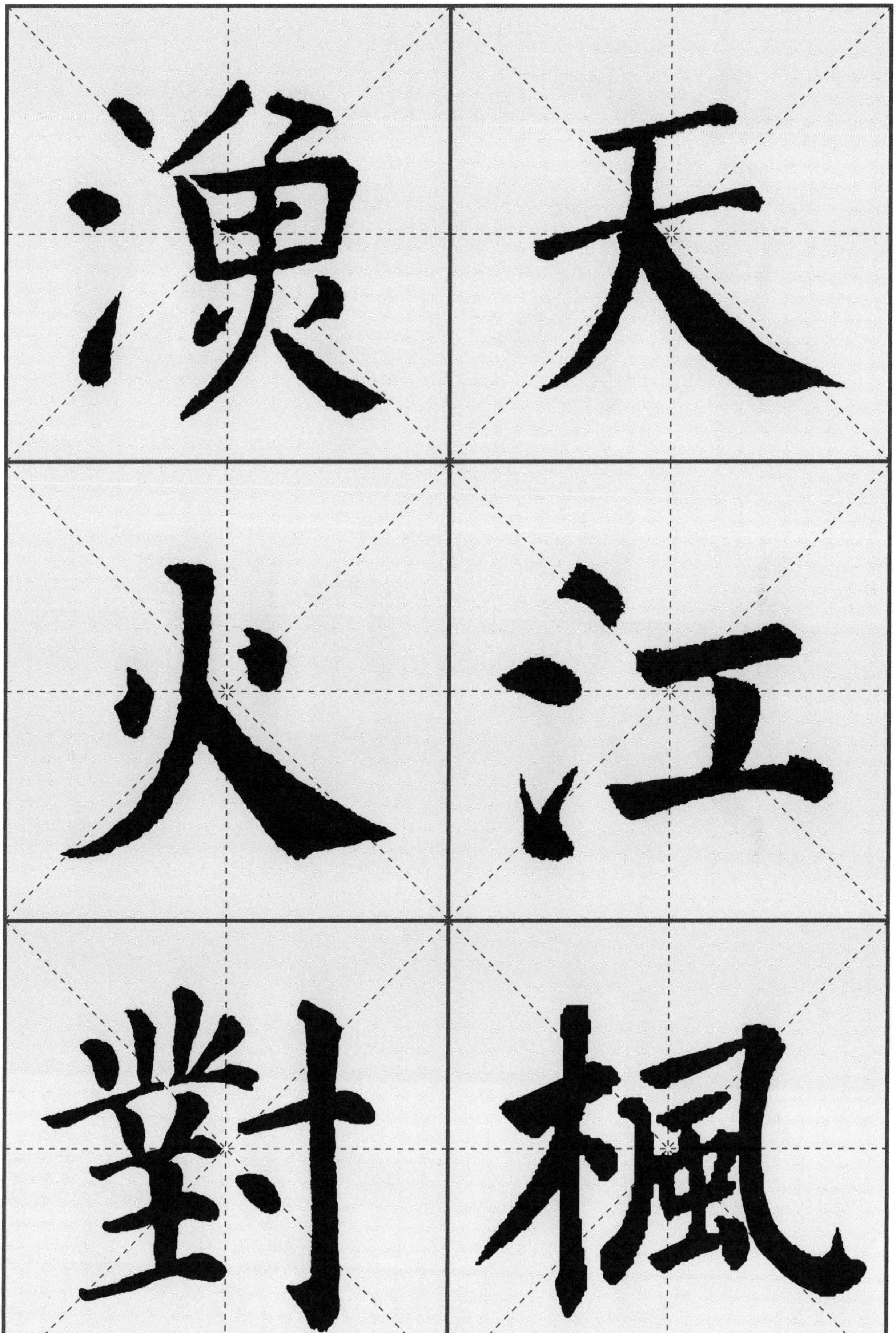

一 二 于 天

氵 氵 汀 江

木 机 梖 楓

氵 氵 渔 漁

丶 八 少 火

业 丵 丵 對

天江楓

漁火對

天，江枫渔火对

禾 和 秋 愁

目 眀 眠

女 姑

苏 蘇

城

外

愁眠。姑苏城外

宀 宙 寒 寒

丨 山 山

十 土 寺 寺

亠 广 夜 夜

丷 丷 兰 半

钅 金 鉦 鐘

寒山寺
夜半鐘

寒山寺，夜半钟

士 声 殸 聲

工 至 到 到

宀 夕 交 客

丿 舟 舟 船

聲

到

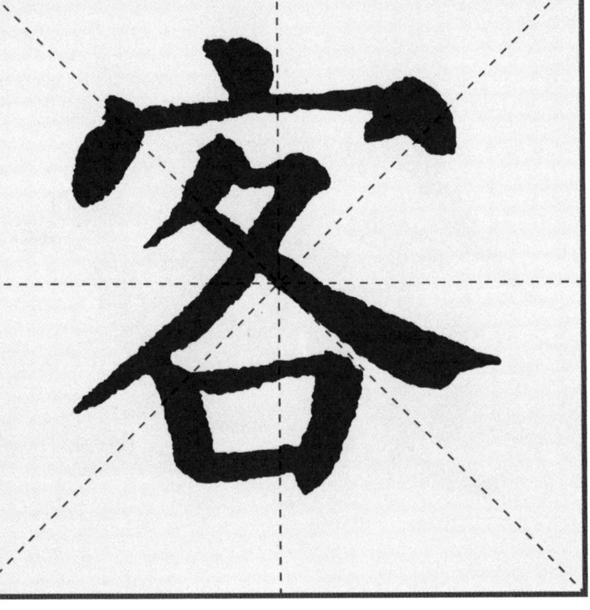

船

楓橋夜泊

唐張繼

声到客船。

枫桥夜泊 唐 张继

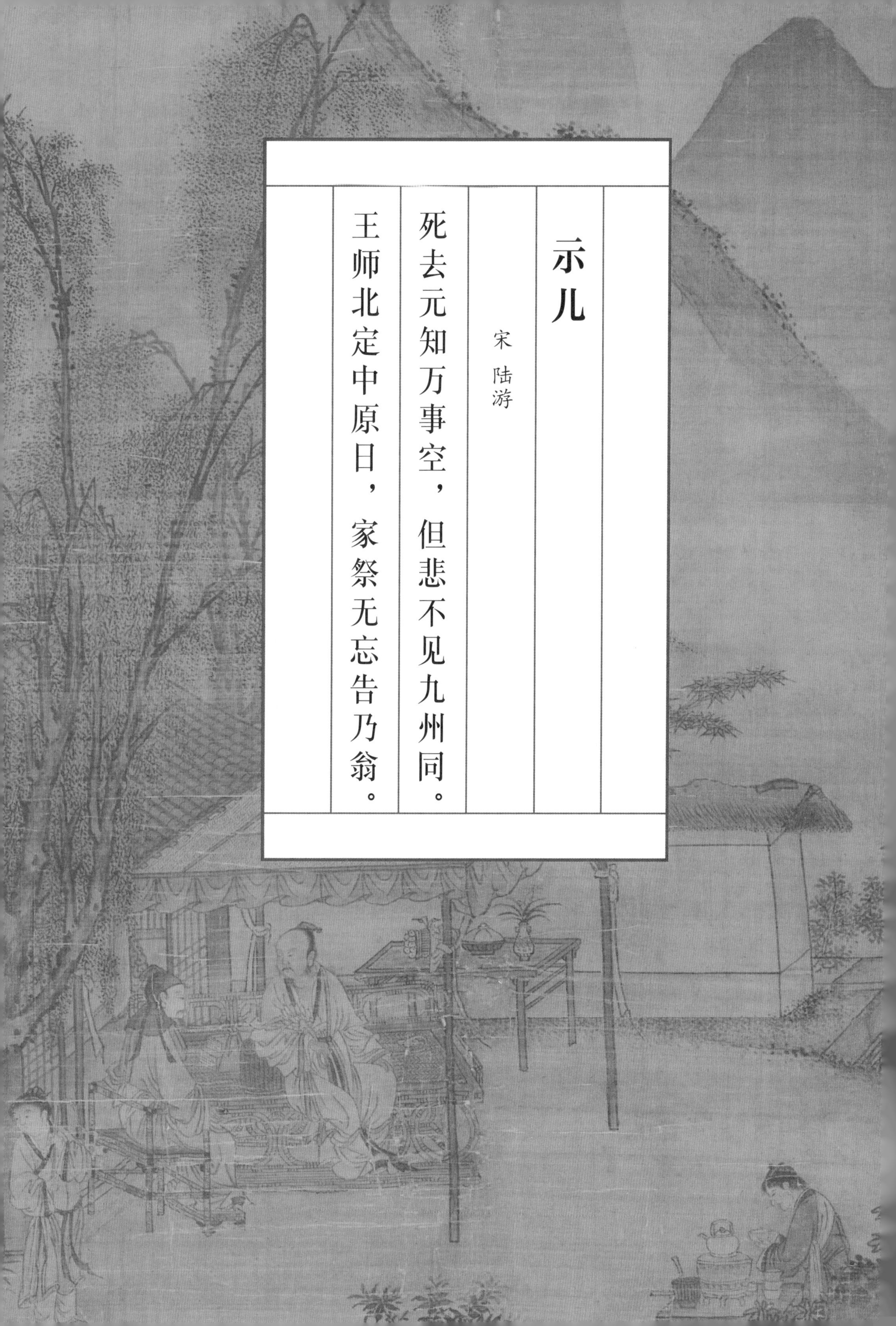

示儿

宋 陆游

死去元知万事空，但悲不见九州同。
王师北定中原日，家祭无忘告乃翁。

死去元知万事

空，但悲不见九

州同。王师北定

中原日
家祭無

中原日，家祭无

忘告乃翁。 示儿 宋 陆游

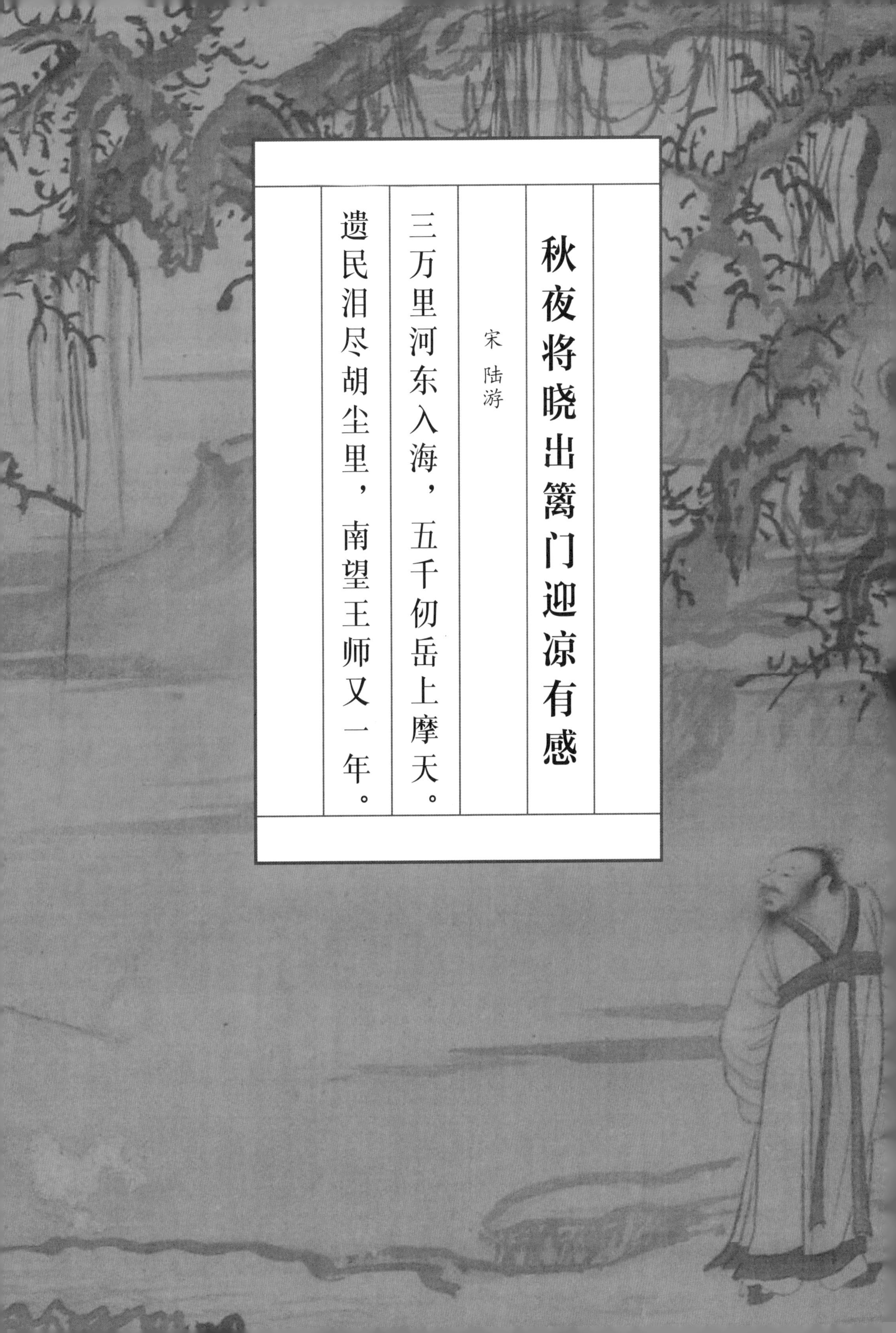
秋夜将晓出篱门迎凉有感
宋 陆游
三万里河东入海，五千仞岳上摩天。
遗民泪尽胡尘里，南望王师又一年。

三萬里河東入

一 二 三

艹 苩 萬 萬

冂 日 甲 里

氵 氵 沪 河

一 白 申 東

丿 入

三万里河东入

海五千

仞嶽上

氵 海 海

一 丅 五

丿 二 千

丿 亻 仞

山 嶽

丨 卜 上

海，五千仞岳上

广 庥 麻 摩
一 二 于 天
罒 罒 睘 還
コ 巳 巳 民
氵 沪 淚 淚
ヨ 聿 尽 盡

摩天。遗民泪尽

胡塵里

南望王

胡尘里，南望王

十 古 胡 胡

广 声 鹿 塵

口 日 甲 里

十 内 南 南

亡 望 望 望

一 二 干 王

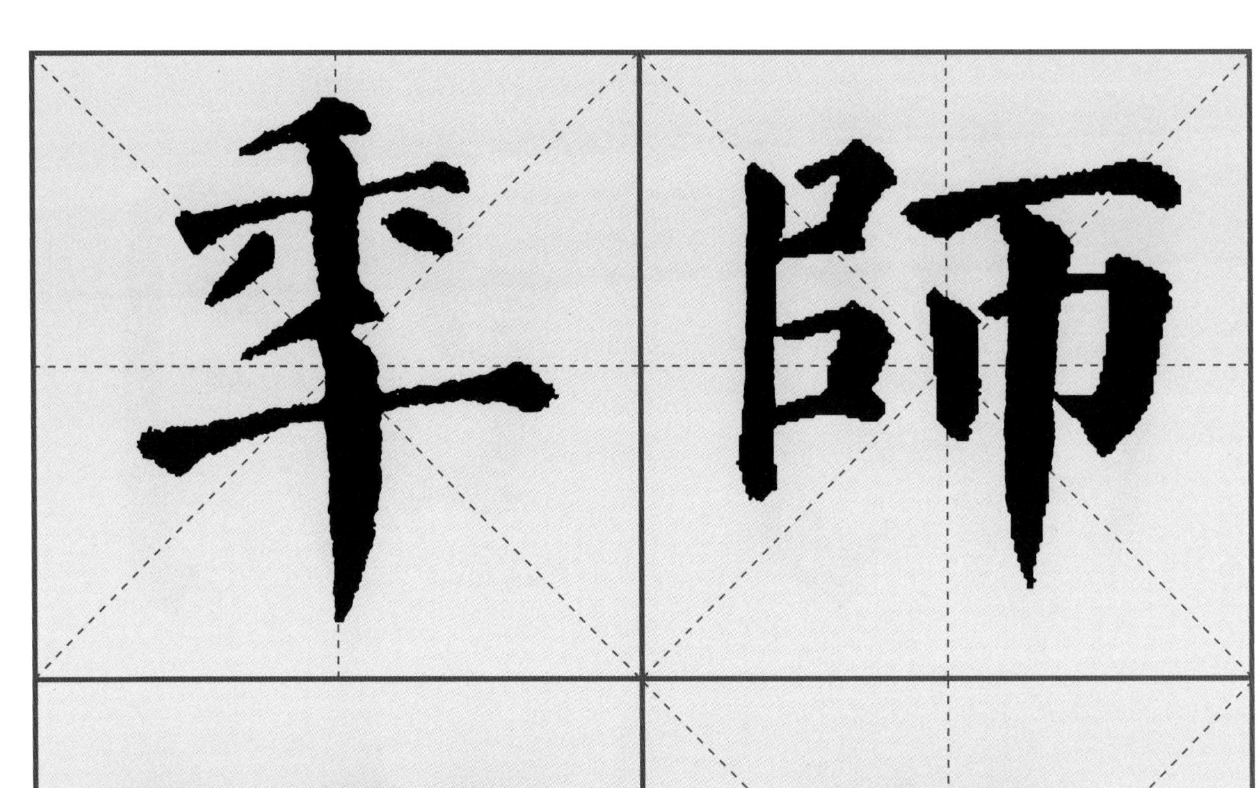

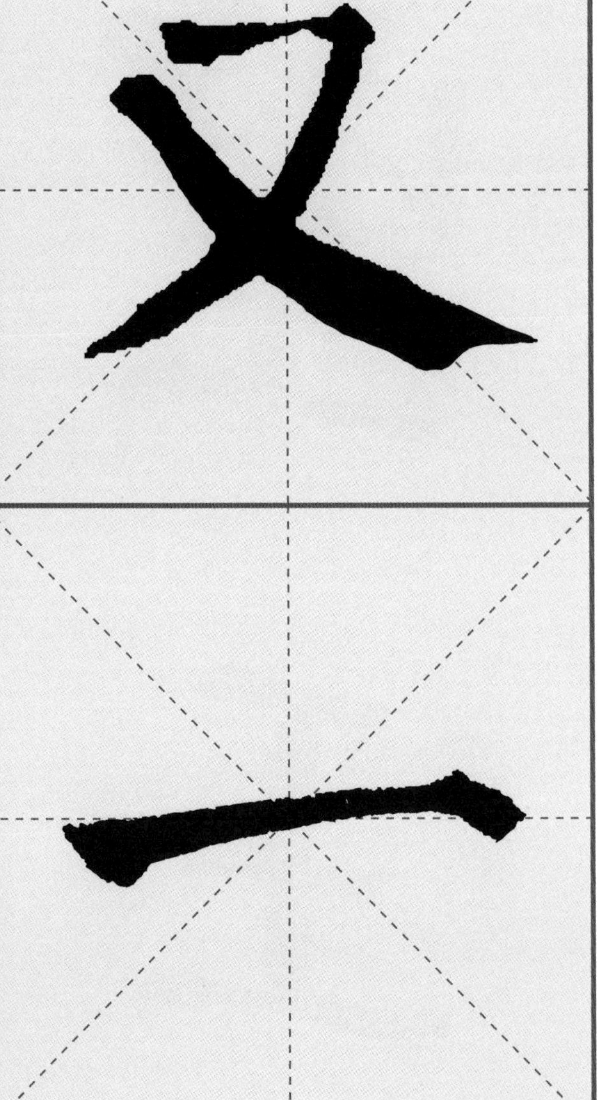

秋夜將曉出籬門迎涼有感

宋陸游

师又一年。

秋夜将晓出篱门迎凉有感　宋　陆游

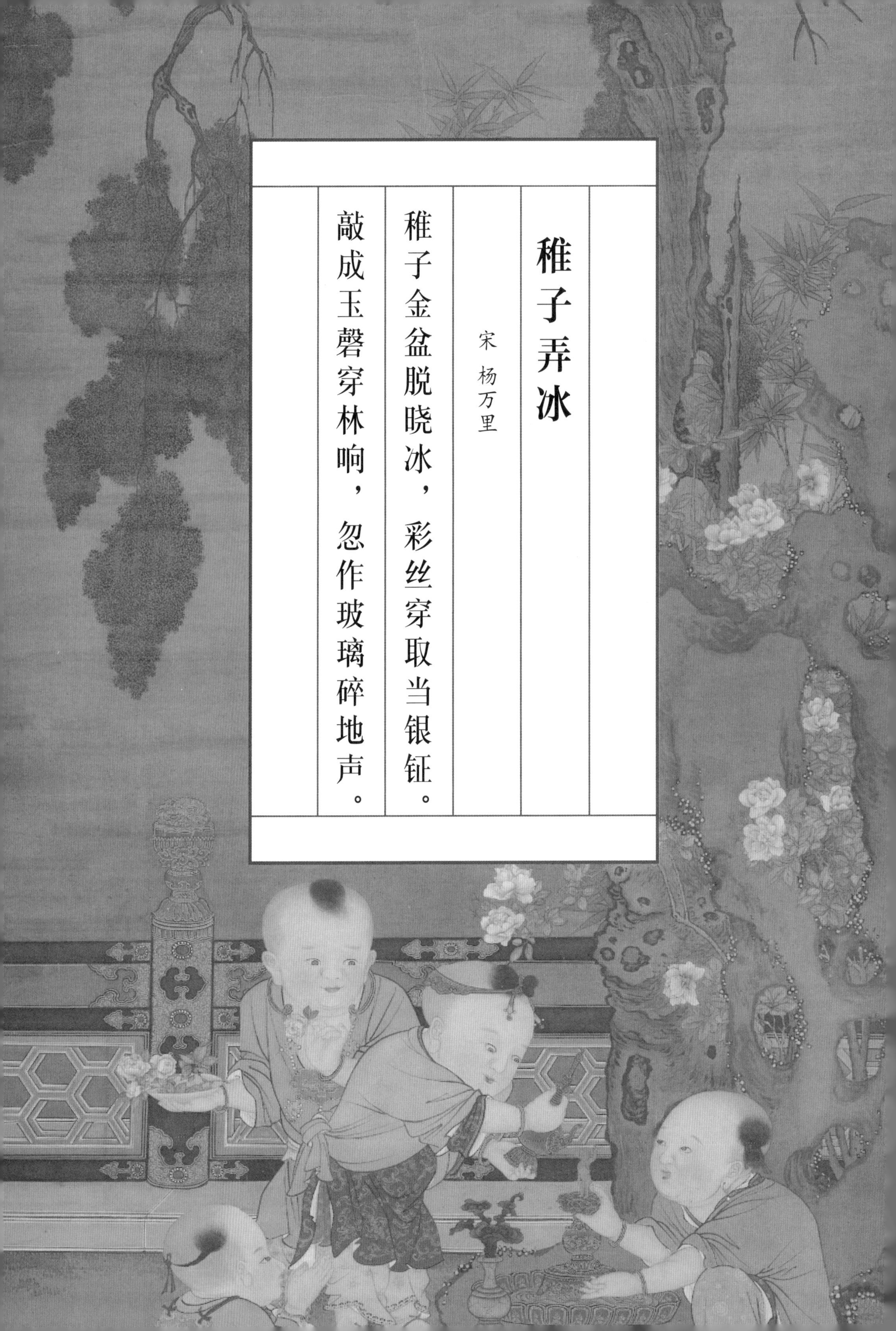

稚子弄冰

宋 杨万里

稚子金盆脱晓冰，彩丝穿取当银钲。

敲成玉磬穿林响，忽作玻璃碎地声。

稚子金盆脱晓

冰，彩丝穿取当

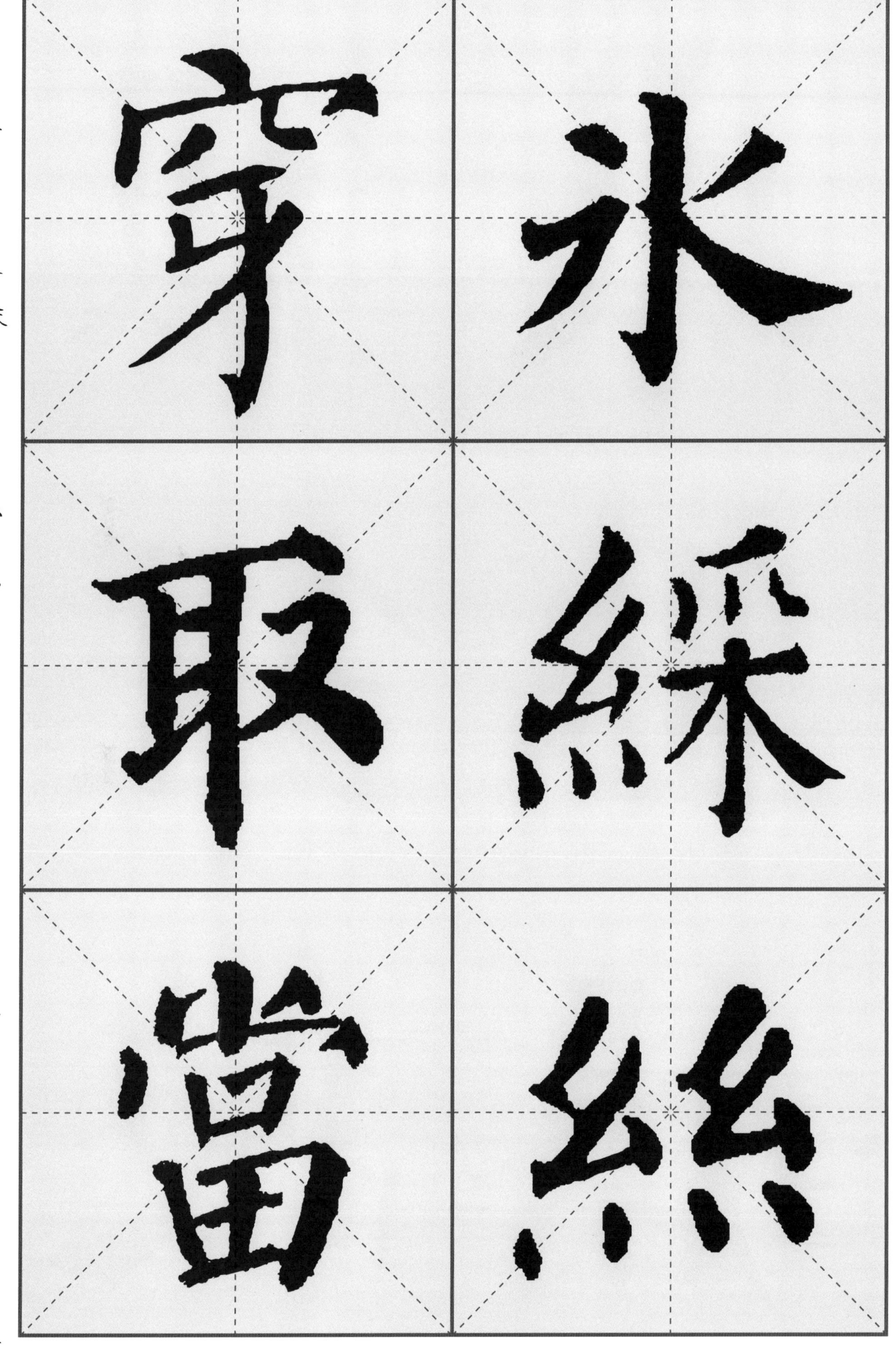

銀 成

鉦 玉

敲 磬

钅 金 鈤 銀

钅 金 釪 鉦

㐭 高 㪣 敲

厂 万 𠩥 成

一 干 王 玉

声 𣪊 殸 磬

银钲。敲成玉磬

宀 穴 穿 穿

十 木 村 林

乡 組 鄉 響

勹 勿 忽 忽

亻 仵 作 作

王 玔 玻 玻

穿林响，忽作玻

璃碎地声。稚子弄冰 宋 杨万里

长相思

清 纳兰性德

山一程，水一程，身向榆关那畔行，夜深千帐灯。风一更，雪一更，聒碎乡心梦不成，故园无此声。

丨山山　一　千禾和程　丨刁水水　一　千禾和程

山 | 水
一 | 一
程 | 程

山一程，水一程，

身向榆关那畔

丿 ⺆ 自 身　丿 亻 门 向　木 朩 榆 榆　户 門 闗 關　乛 刋 那 那　口 田 畂 畔

行 夜 深

千 帳 燈

丿 彳 行 行

亠 广 夜 夜

氵 泗 泗 深

丿 二 千

冂 巾 帳 帳

火 炒 燈 燈

行，夜深千帐灯。

風一更

雪一更

丿 几 凨 風

一

一 a 戶 更

⺺ 雨 雪 雪

一

一 戶 更

风一更，雪一更，

聒 碎 鄉 心 夢 不

耳 耻 聒 聒

石 矿 砬 碎

乡 組 郷 鄉

丶 心 心 心

丷 曲 曲 夢

一 丆 不 不

聒碎乡心梦不

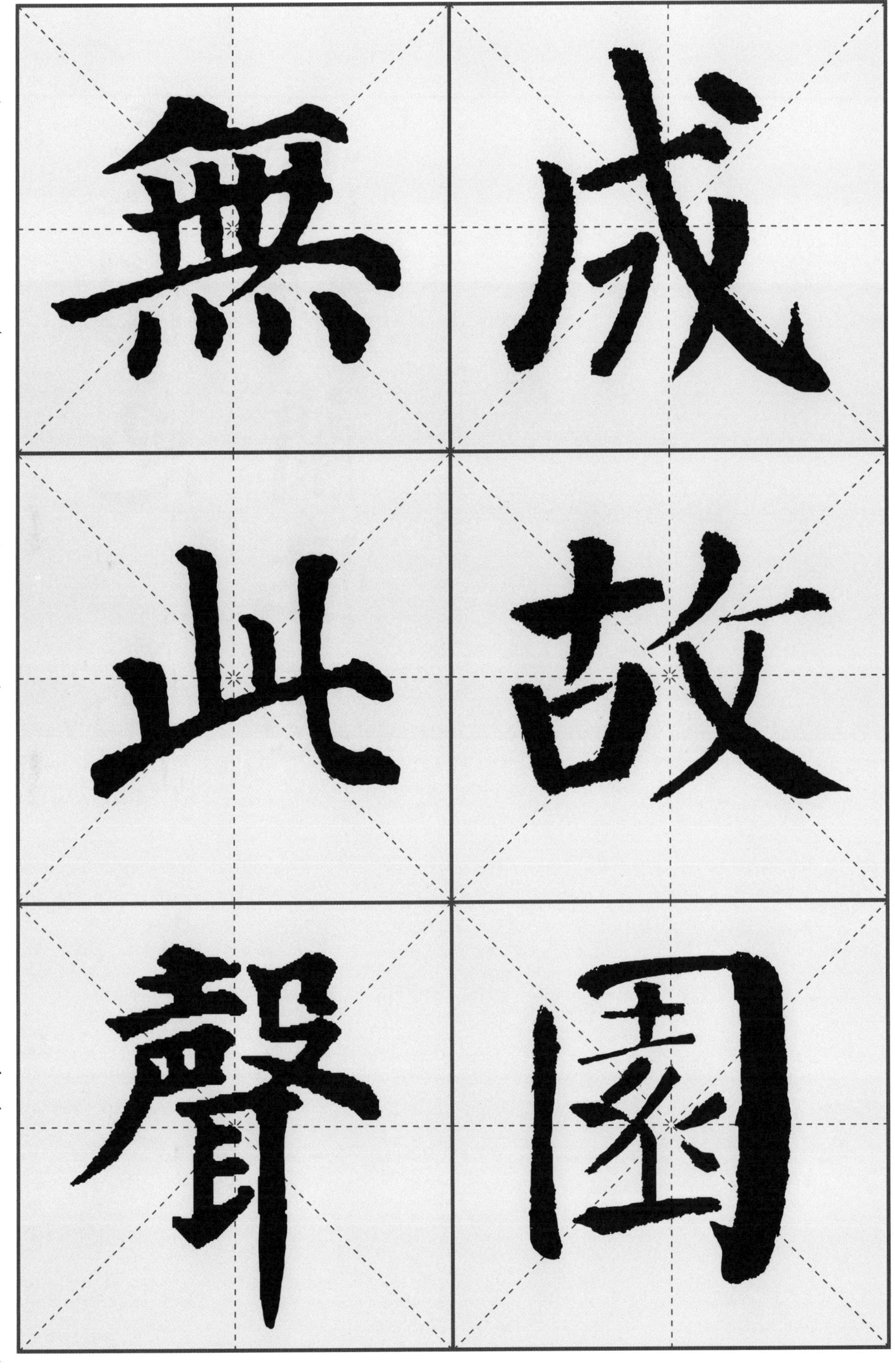

成，故园无此声。

厂 厅 成 成

十 古 古 故

门 冂 圂 園

𠂉 無 無 無

卜 止 止 此

士 声 殸 聲

長相思

清納蘭性德

闻官军收河南河北

唐 杜甫

剑外忽传收蓟北，初闻涕泪满衣裳。

却看妻子愁何在，漫卷诗书喜欲狂。

白日放歌须纵酒，青春作伴好还乡。

即从巴峡穿巫峡，便下襄阳向洛阳。

劍 外 忽 傳 收 薊

丿 僉 劍

丿 夕 外

勹 勿 忽

亻 佰 傅 傳

丬 收

艹 薊

北 初 聞 涕 淚 滿

北，初闻涕泪满

衣裳。却看妻子

愁何在，漫卷诗

愁何在

漫卷詩

禾 秋 愁 愁

亻 亻 何 何

𠂇 𠂇 存 在

氵 氵 㵠 漫

扌 扌 拱 捲

亠 言 計 詩

書 喜 欲

狂 白 日

フ 聿 書 書

土 吉 壴 喜

八 欠 谷 欲

丿 犭 犴 狂

丿 亻 白 白

丨 冂 日 日

书喜欲狂。白日

放歌须纵酒，青

亠 方 方 放

可 哥 哥 歌

氵 汀 洎 湏

糹 紒 縱 縱

氵 沔 洒 酒

二 主 青 青

三 夫 春 春

亻 仆 作 作

亻 仆 仫 伴

女 女 好 好

罒 罗 睘 還

乡 纟 绑 鄉

春作伴好还乡。

即从巴峡穿巫

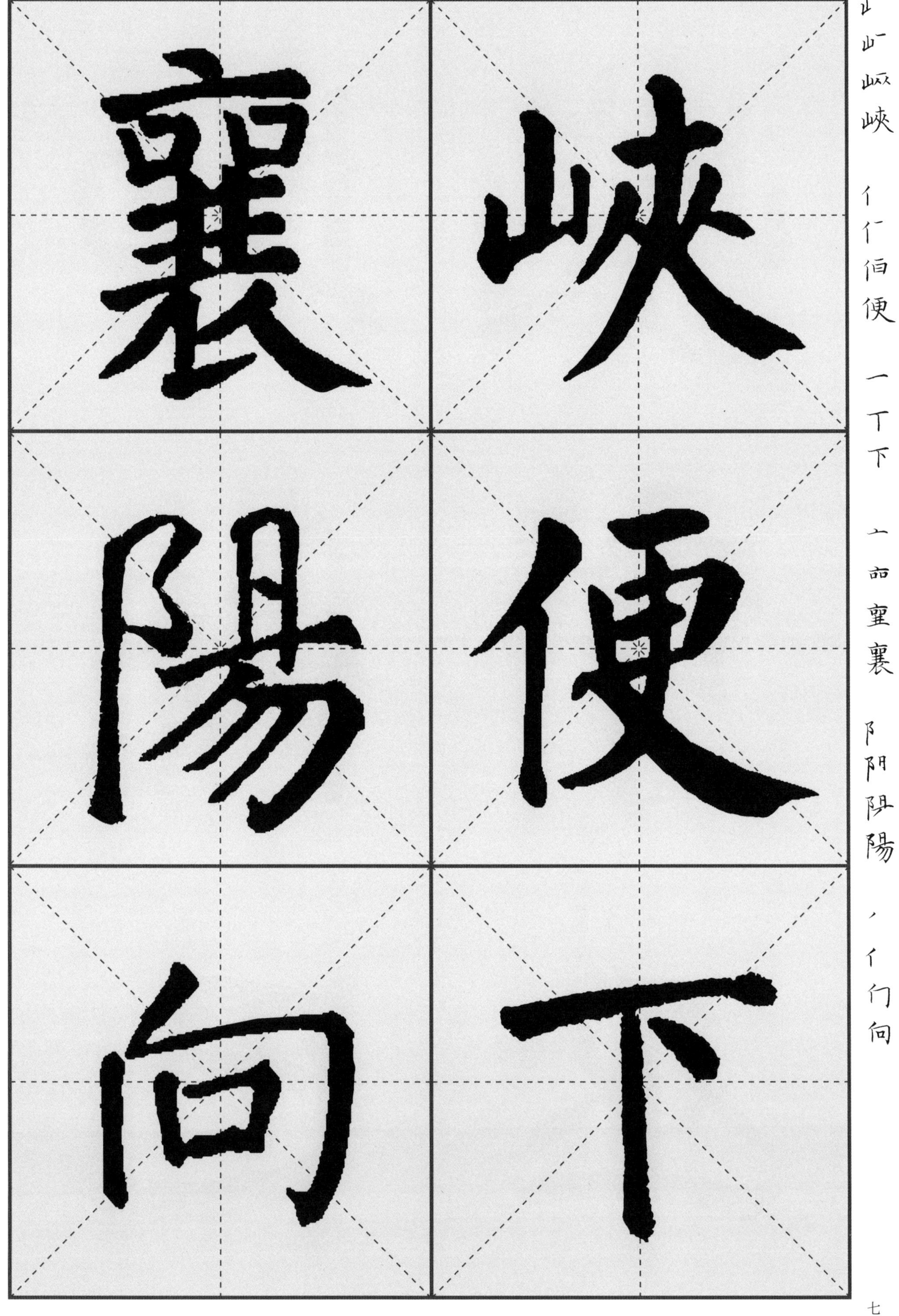

峡，便下襄阳向

洛陽

聞官軍收河南河北

唐杜甫

洛阳。

闻官军收河南河北　唐　杜甫

氵 汐 洛 洛

阝 阴 阳 陽

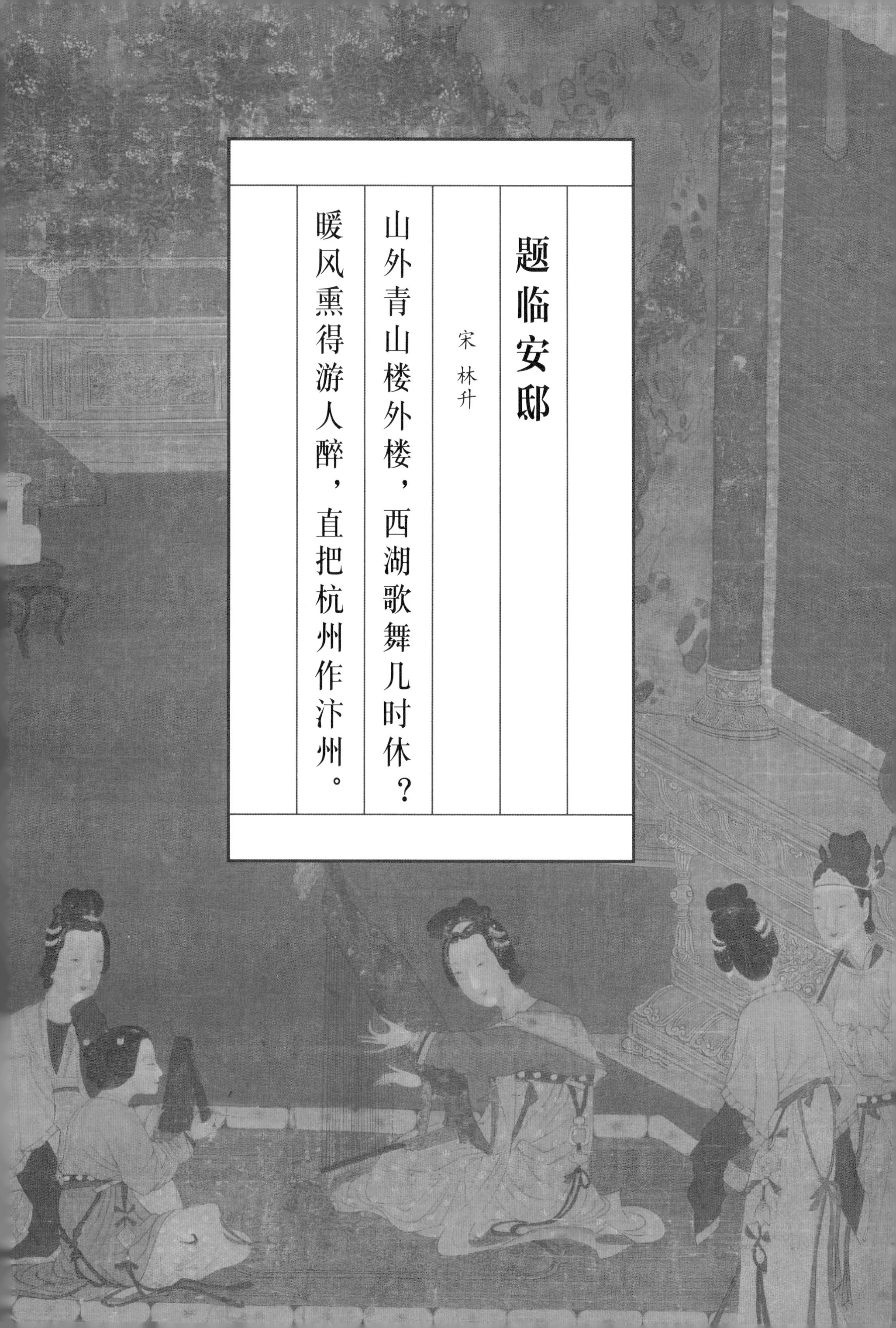

题临安邸

宋 林升

山外青山楼外楼，西湖歌舞几时休？

暖风熏得游人醉，直把杭州作汴州。

丨山山 丿夕夘外 ⺀龶青青 丨山山 木楳樓樓 丿夕夘外

山外青山楼外

樓 西

湖 歌

舞 幾

木 梠 樓 樓

一 覀 西 西

氵 沽 湖 湖

可 哥 哥 歌

𠂉 無 舞 舞

幺 丝 幾 幾

楼，西湖歌舞几

日 日+ 時 時

亻 什 休 休

日 日爫 日爫 暖

八 凨 凬 風

二 亩 重 熏

彳 彳日 彳旦 得

时休？暖风熏得

游 人 醉

直 把 杭

游人醉，直把杭

州作汴州。 题临安邸 宋 林升

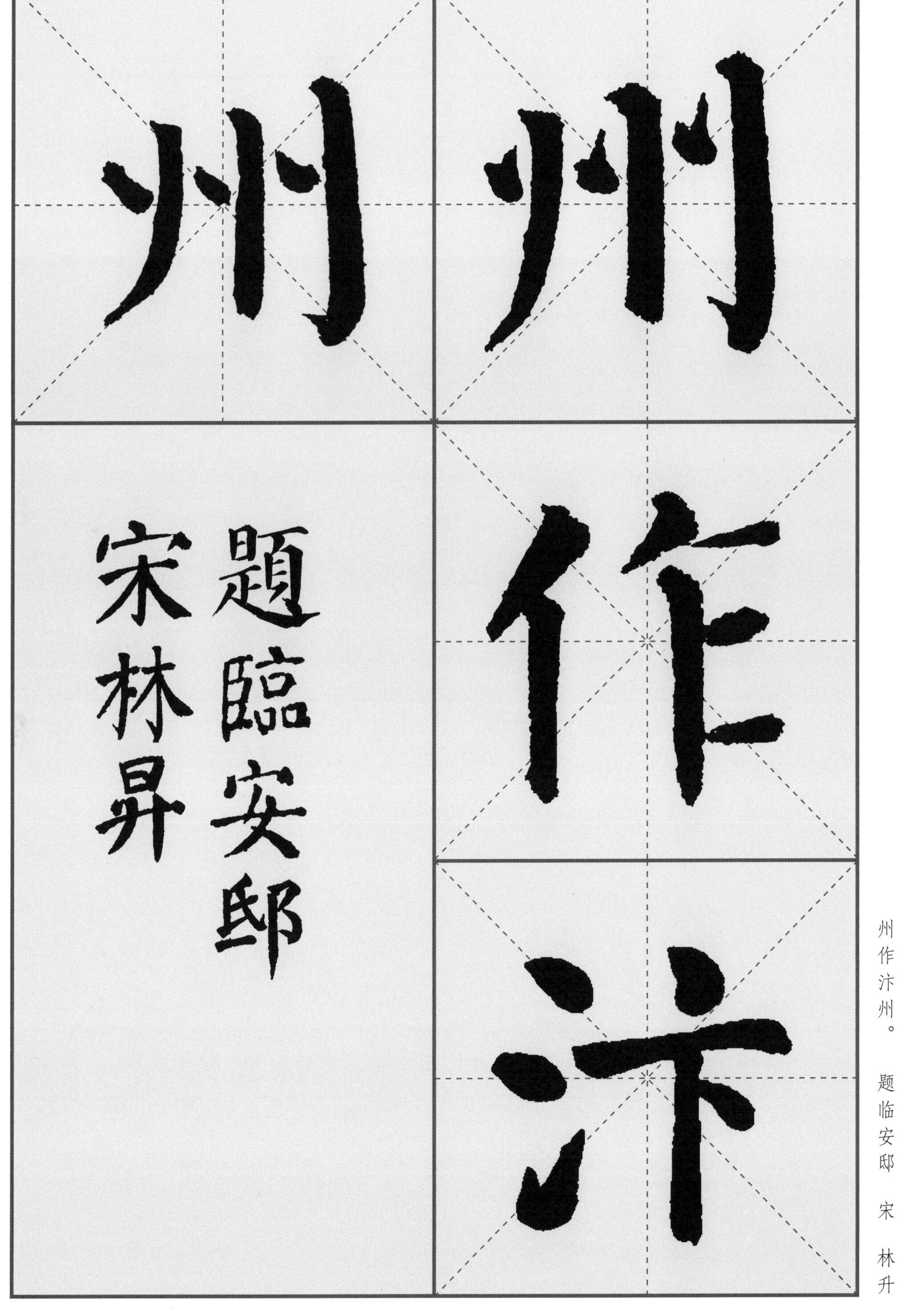

丿 州 州 州

亻 化 作 作

氵 氵 汴 汴

丿 州 州 州